殻を捨てよ

僕は元来箱入り息子で、子どもがそのまま大人になったようなものだと自覚している。

妻は僕と結婚したので、本来のお転婆娘を封印してお淑《しと》やかで健気《けなげ》な大人の女性になった。

僕の名前は倉元信二《くらもとしんじ》、文房具メーカーの会社を万年平社員で今年定年退職する。

新婚旅行の初めての夜、僕は妻に、

「俺は出世はしないし、する気もないから期待しないでほしい」

と啖呵を切った。

「変な関白宣言ね。謹んでお受けします。でもそう言うからには最後まで貫いて頂かないとね」

逆に妻に発破を掛けられてしまった。

実際には出世しないでヒラを貫くことは容易《たやす》くはなかった。

「係長、課長昇進おめでとうございます」

と後輩社員たちの歓声を耳にする。

同期が次々と昇進していく中、平気な顔でいると不自然らしく、

「倉元さんも早く上に行ってくれないと……」

と言われ、鬱陶しい存在になっているのは否めなかった。

僕としては、リストラされなかったのがせめてもの救いだった。

『一線を退く』ことに躊躇《ためらい》はないがその後、高齢者だのシニアという言葉で一括りにされるのには寂しさがあった。

僕は上に四人の姉がおり、末っ子長男として生まれた。

両親は待望の男児の誕生に僕を床の間の飾りのように大切に育て、父はいつも僕を膝の上に乗せていたし、母と四人の姉たちは入れ代わり立ち代わりに僕の世話を焼いた。

僕の人生のターニングポイントには必ず家族会議がもたれた。

「では、採決を取るわね。信ちゃんが地元の中学でいいと思う人は挙手して。ほら、お父さんしっかり挙げて、全員一致ね」

という具合で次女の宣江《のぶえ》姉さんが議事を進行していく。そこでもし僕が私学を希望すればすぐに予算についての話し合いになっただろう。

「信ちゃん、たとえ私らがNO！と言っても、信ちゃんがNO！の道を選ぶなら突き進みなさい。失敗したらまた皆で考えたらいいんだから、私たちは信ちゃんを全力で支えるからね」

と胸を叩いて言ってくれた。

宣江姉ちゃんは高校生の頃、ウーマンリブに感化され雄弁で頼りがいのある我が家のジャンヌ・ダルクになった。

こうして僕は素敵なコーディネーターの支えもあり何の不足もなく力一杯生きてきた。

退職後は、僕の好奇心の赴くままに人生設計を立ててみたいと思っている。

僕は机の上を片づけ老眼鏡のレンズを拭き、上司に休暇願いを申し出た。

◇

休暇一日目の朝、僕はいつもの時間に家を出た。

何にも知らない妻の顔を見て、

「行って来るよ！」

「どうしたの？　今朝はゆっくりなのね、電車の時間大丈夫なの……」

妻は不思議そうに僕の顔を見た。

その時、僕の鼓動がドクン、ドクンと波打った。

妻の顔が朝陽に照らされてカサブランカのように白く輝いて綺麗だった。

秋田にルーツを持つ妻は色白でもち肌、黒目がちの瞳、眉は弓の持ち手のような流線形で、唇は豊満ではあるが妖艶ではない。

「美沙、化粧品変えた？」

「すっぴんよ、おかしなこと言わないで、いってらっしゃい」

美沙は少し頰を染めながら手を振った。

僕は腕時計を見るふりをして小走りを装い、曲がり角で振り返ると美沙の後ろ姿が家の中に消えていくのを確認すると歩く速度を落とした。

朝いつも出会う教授の肩が遥か前方にあった。

街路樹の鮮やかな緑や紫陽花の彩りが心を満たした。

駅に到着したけれど、雑踏を逃れるように中央改札口を素通りして、駅の北口をエスカレーターで降りた。

北口は中央にロータリーがあり、路線バスが二台エンジン音を立てながら駅からの客を待っていた。

タクシーの乗降口では五台程が待機していて、運転手の男性が中でスポーツ新聞を見ながら欠伸をしていた。

ロータリーの東側に公園があり、中にはバスケットのゴールポストとベンチが四基あった。以前はブランコやジャングルジム、滑り台があったが、今は撤去されて地面から切断された遊具の鉄の断面が残っていた。

僕は寂れた公園の中に入り、ベンチに腰を下ろした。

座面に湿り気を感じた。

三日前に鉛色のドンゴロスを敷き詰めたような低い雲からザアーッ、ザアーと雨粒が落ちてから、昨夜までシトシト降り続いていた。

今朝は雲一つない抜けるような青空だった。

僕は青空を見上げながら〝青天霹靂〟という漢字を思い浮かべて地面に棒きれで漢字を書いた。

薔薇《ばら》↓檸檬《れもん》↓葡萄《ぶどう》と次から次へと書いていった。

昔、姉さんたちと問題を出し合って遊んでいたのでその名残りかもしれない。

駅構内のアナウンスや発車や到着のメロディが遠くに聞こえた。

公園の横を通る靴音が次第に激しくなってきた。通勤ラッシュに突入だ。

僕は背を向けて座り直すと、前方に針金を編んだゴミ籠の中を漁っている野球帽から白髪のはみ出した男の姿が目にとまった。

男はめぼしいものがなかったようで舌打ちして駅とは反対の道を薄いグレーのジャンパーに手を突っ込んで公園を出ていった。

すると男の前方から、お揃いでピンクのトレーニングウェアを着た上品なご夫婦が歩いてきて、男を見つけると駆け寄り親し気に挨拶をかわすと奥様らしき女性が手の平に収まる程の新聞紙の包みを男に手渡した。

男はボロボロに擦り切れた野球帽を脱いで何度も頭を下げた。

ご夫婦は男に包みを渡すために歩いていたようで、また来た道を戻っていった。

ホームレスのような男は包みを片手に持ち、また公園に戻ってきて僕と目が合うと、笑顔で「隣、いい?」と言って僕が「どうぞ」と言う前に座っていた。

男はすぐに新聞紙の包みを開ける。中からソフトボール大の握り飯が二つ現れた。

(今時、白飯だけの握り飯なんて……)と思っていると、男は握り飯を半分に割った。

中には玉子焼き、焼き鮭、キンピラ牛蒡、沢庵などが詰め込まれていた。

男は握り飯を両手に持ちながら肘で新聞の皺を伸ばしていたが、僕の視線に気づくと、

「兄ちゃん、仕事行かねえの？」

「えっ。いや……今日は休暇でして……」

男はスーツ姿の僕を上から下に見ながら首を小刻みに振って頷いて、

「そっか……私もね、以前は金融関係で働いてたのよ。と言ったって金貸しじゃねえよ、銀行にね。会社っていうのは組織の歯車をノルマとか利益追求で動かしていくじゃない。そういう血の通わない社会に疲れちゃってね。『人は何故働くのか』というところまで考えてたら、急に嫌気がさしちゃって……。今は自称哲学者として日々奔走してるのよ」

男は足を組んで両手に握り飯を持ちながら気取って言った。

僕は男に近づき、

「へえ、あなたの話もっと聞きたいです」

男は、はしゃぐ僕を宥めるように、

「その前に兄ちゃんさ、これ食べてよ。俺食い切れねえからさ……。頂き物だけど優しさのお裾分け」

男はラップに包まれた握り飯を一つ僕に差し出した。

「えっ！　本当によろしいんですか？　お言葉に甘えて頂きます。じゃあ僕何か飲み物買ってきますよ」

「悪いね、じゃあビールでもいいかな」

僕は大きく頷いてコンビニに行き、缶ビールと定番のおつまみを買って公園に戻った。

男はレジ袋から缶ビールを取り出してプシュッと音を立てたので、僕もプシュッ。

缶を当て声を合わせて「乾杯」の合図で酒盛りが始まった。

「俺は山田太郎《やまだたろう》で年齢は七〇過ぎ、誕生日は二月二九日、魚座のAB型」

僕はテキトーな男の自己紹介に二度見した。

「名前は自称ということで。それにこの界隈ではこの名前で通ってるからね」

と言うとカッカッカッカと高笑いした。

山田さんはテレビの時代劇にあった越後のちりめん問屋で本当の正体は副将軍という感じの人ではないかと思い、ますます興味が湧いた。

「僕は倉元信二といいます。十月に定年退職を迎えます。天秤座B型です」

「くらのすけでいいっか、ねえ」

渾名なんて初めてだった。《蔵《くら》》が違うけど音の響きは悪くない。

山田さんは僕の会社の事もよく知っていて、社員を大切にするいい会社だと言っていた。

そして胸のポケットからノックがパンダの耳でボディが顔、手、足の黒インクのボールペンと、ノックがにわとりのとさかの赤インクのボールペンを出して見せた。

「これ、気に入ってるのよ。蔵ノ助が考えたんだろ?」

僕は二本目のビールをプシュッとした。

「蔵ノ助よ。ぼろは着ててもこころの錦〜〜ィどんな花よりきれいだぜェ〜〜、っていう艶歌覚えてる？　僕はこんななりしてるけど心は豊かなんだ。銀行にいたら味わえなかったろうよ。蔵ノ助のような友達も出来たし、握り飯をさり気なくくれる人もいる、捨てたもんじゃないね。蔵ノ助はまだ若いんだからこれからも濃厚な人生を送ってよ」

山田さんは二本目の缶ビールを一気に飲み干して立ち上がった。

「今日は遺品整理の仕事があるんだ、先に失礼するわ。あっ、それからくず籠の中に食べ物のゴミ捨てないでよ、烏が来ると撤去されるからさ」

八時四分発車のアナウンスが聞こえた。

山田さんは右手人差指と中指を合わせて軽く敬礼すると、駅とは反対の方に足早に行ってしまった。

僕はまた一人になった。山田さんと知り合う前より寂しかった。

人がエスカレーターに乗せられて二階に送られていく。しめじ茸のようなイヤフォンをつけている若者たちの中に、けばけばしいメイクでソックリな顔のべっぴんさんたちがエスカレーターに向かって歩いている。

僕はとても眠たくなった。

退屈な景色と靴音がだんだん小さくなって消えた。

遠くで赤ん坊が泣いている。声がだんだん近づいてくるので僕ははっとして辺りを見渡す。まだベンチに座ったままだった。

足先まで痺れて感覚がないので、立ち上がり膝の裏をさすった。

幼児がゲラゲラ笑いながら走ってきて、母親が後ろにいることを確めるために道路を植え込みから見て母親が近づいてくるとまた走った。

母親は赤ん坊を抱いて乳母車を押して歩いていたが幼児に「走っちゃだめよ」と叱った。幼児はそれを聞いて嬉しそうにまた走り出した。

母親は疲れ果てたのか、ぐずり始めた赤ん坊を無理矢理乳母車に乗せると僕の向かいのベンチに大股になって座り貧乏ゆすりを始めた。

僕は母親に背を向けて、木立ちの間の景色を眺めた。

かつて駅周辺、特に南口は日本のビバリーヒルズと謳われた程の閑静な高級住宅エリアで、西洋建築の趣きのある駅舎から続く桜の並木道は、春になると多くの人が散歩したり真新しい制服の学生たちが記念写真を撮っていた。

しかしここ十数年で様変わりし改札口は二階になり、ショッピングモール、マンション、ホテルが建って直結し昼間でも照明がつき騒々しくて落ち着かない。

唯一、僕の居る場所は以前と全く変わらず商店街や町家が残っていて、昭和の息遣いが感じられる場所だ。

僕の故郷にも同じような商店街があり、幼い頃、三女の奏《かなで》に連れられてレコード店に行っていた。奏《かなで》姉さんはグループサウンズに夢中だったので僕をダシにしてよく通っていた。

奏は高校生になるとグループサウンズを卒業し、お芝居の役者に夢中になったので商店街を訪れなくなった。

姉が四人いると女性を見る目が厳しくなってしまうため、なかなか思い込みの激しい恋愛は出来なかった。

◇　◇

僕は立ったまま昔の想いに浸っていると商店街アーケード横に見覚えのない小さな旅行代理店が目にとまった。

（一人旅か……）と呟き『ディスカバリートラベル』と書かれた看板を見つけてスペルを思い出していた。Discovery《ディーアイエスシーオーヴイイーアールワイ》。

（ちょっとのぞいてみるかな……）

僕は公園の茂みをすり抜けて店に向かった。

店の前まで来ると店先には海外や国内旅行のパンフレットが所狭しとラックに差し入れられていたので、国内旅行の紙片を取って中に入った。

蛍光灯に煌々と照らされた夏旅を売り込む鮮やかな配色の写真やポスターが目をちかちかさせるので落ち着かなかった。

（今日は締めて出直すことにしよう）

僕は冷やかしよりも早く店を出ようとした時、客を見送って戻ってきた女店員と肩がぶつかった。

「お客様、申し訳ございません。お怪我はございませんか？」

女店員は僕を隈なくチェックした。

「大丈夫だ」

「もしお急ぎでなければ珈琲など召し上がっていかれませんか？」

彼女は奥にあるカウンターの前にある椅子を示した。

珈琲も嬉しかったけれど、彼女の爪実顔で色白、化粧気のない清楚な美しさに惹かれ椅子に座った。

僕は珈琲を待つ間、四女の姉、華子のことを思い出していた。

華子姉さんはデリカシーの欠片もない。

僕が思春期真っ只中で白いブリーフを汚すことが多くなり、洗濯機にブリーフを出さないでいると華子が、

「信ちゃんのパンツ入ってないよ。早く持ってきなさい」

僕が真っ赤になってもじもじしていると、

「あー、分かった。エッチな夢見ると出るという、あれか」

華子はニヤリと笑みを浮かべると顎を突き上げて、（早く持って来い）のポーズをした。

華子のことを考えていると、どこからともなく珈琲の香りが漂ってきたので見ると、女店員がお盆の上に珈琲カップをのせてやって来てカウンターに置いた。

彼女の体から仄かな石鹸の香りがした。

「実は偶然この店を見かけてね。旅がしたくなって入ってみたんだ。この店、いつからこの場所にあったんだ？」

「前からありましたよ。私も最近異動でこのお店に配属になりました」

僕は頷きながら珈琲カップを持ち上げると口元まで持っていき一口飲んだ。

「一泊でいいんだ、しかしどこでもいいというわけではない。先の大戦の爪痕が残ってるような、例えば防空壕や砲台跡があって、静かでホッとできる場所がいいんだけど、お薦めの場所はあるかな」

僕は先程、店頭にあったパンフレットをカウンターの上に置いて、彼女の顔を覗き込んだ。

彼女は困惑しているようで眼を一点に集中させて、

「お客様、少々お時間頂けますか」

と言いながら立ち上がり奥の部屋に入っていった。

僕は珈琲を啜りながら、

（大方、僕の希望する所に心当たりがなく、上司にでも相談に行ったに違いない）と踏んでまたパンフレットを見ていた。

暫くすると彼女は白い紙を持って戻ってきた。

「お待たせして申し訳ございませんでした。お客様のご希望に近い場所が見つかりました。和歌山県にある友ヶ島という無人島でございます……」

彼女は持ってきた地図のコピーを広げて、桃色のマーカーで丸をつけると僕の方に向けた。

「ほぉ……友ヶ島か。初めて聞く所だな」

僕は彼女の説明を聞くために姿勢を正した。

「島の中にはいくつかの砲台跡や弾薬庫があります。戦時中は海からの攻撃や敵の侵入を防ぐための要塞だったのですが、戦火を免れたため現在もそのまま廃虚として残っています。地図上でもその存在を隠していたことも幸いしたのではないでしょうか。

童心に返って秘密基地を堪能されてはいかがですか。それに四方を海に囲まれていますので絶景です」

話し終わると彼女はパソコンから島の画像を出すと僕に向けた。

画像は僕のイメージした通りの場所だった。

幼い頃に友達と秘密の場所を見つけて遊んだ昔に戻って郷愁に浸りたかった。

僕は改めて彼女の胸元の名札を見た。

〝下田《しもだ》夏恋《かれん》、私のモットーは迅速丁寧です〟

と書かれていた。

僕は彼女が少女漫画のヒロインのような名前や仕事に対するスキルの高さに興味津々だった。

「下田さんは僕が大戦の爪痕なんて注文をつけたから驚いただろう」

「ええ……まあ、でも沖縄とか広島とおっしゃらなかったので、友ヶ島をお勧めしました。他にもありますが、遠かったり近すぎたりだったので……。それに近頃では廃線跡とかトンネル、鉄橋反射炉を訪れる若い人が多いんですよ。アニメの影響があるのかもしれませんね。

私もツアーの企画書を作るために視察に行ってますよ」

彼女はパソコンを見ながらマウスをスクロールしていた。

「倉元様、明後日《あさって》のご出発でもよろしいですか？　平日ですが……」

「もちろん、平日がいいんだ。旅館も老舗だし料理も豪華で文句の付けようがないよ。明後日でお願いするよ」

「かしこまりました。そのように手配させて頂きます。倉元様、私が勝手に進めてしまって申し訳ございません。でも倉元さんがとても素敵なので力が入っちゃって……」

彼女ははにかんで笑った。

僕は動揺しながら、

「今から楽しみで仕方がないよ」

そして彼女はパソコンのエンターキーを軽く叩くと、横にあるプリンターが唸り始めて長四角の固い紙を吐き出した。

彼女はそれを取り、一枚一枚テーブルに並べていった。

僕は彼女の左手薬指を見つめていた。

下田さんは、チケットを僕と確認しながら小型の封筒に入れて渡してくれた。

「後程、必要な画像や時刻表は倉元様の携帯電話に送らせて頂きますが、差し支えございませんか？」

下田さんは、僕の一人旅が妻に内緒であることに気づいているかのように細部まで行き届いていた。

「下田さん、名札の通り迅速で丁寧だったよ。有り難う。旅行はすべて下田さんにお願いするよ」

「恐縮です。今後ともどうぞよろしくお願いします」

全てが終わると下田さんは店の外まで僕を送り、

「倉元様、くれぐれもお気をつけていってらっしゃいませ」

と言って深々と頭を下げた。

僕は下田さんの営業言葉ではない言葉を思い出していた。

（でも、若い独身女性がこんなおっさんに興味あるわけないよな）

と頭の中で否定しながら、下田夏恋の笑顔が頭から離れなかった。

店の中から外へ出ると視野とまぶしさに戸惑うが木々の緑の鮮かさが徐々に慣れてきた。

どこからともなく漂う肉の焼ける香りが僕に空腹を伝え、腹の虫が下品な音で鳴く。

僕は食事を取るために商店街に向かって歩いていくと、前方から背丈の半分程を占める真新しいランドセルを背負った小学生たちが歩いてきた。僕の腰のあたりを擦れ違うタイミングで、僕は「おかえり」と声をかけた。

子どもたちは小さな声で「せーーの」、一斉に「ただいま」と大声で言った。

僕は子どもたちの『せーーの』に違和感を覚えたが、子どもたちのランドセルの群れを見送ってアーケードの中に入ると、外れを少し歩いた所にフランスの国旗が揺らめくビストロがあった。

中に入ると、

「あら、旦那さんお一人なの？　珍しいわね。いつものでいい？」

とシェフの奥さんが言った。

僕は頷いていつもの席に座った。

ここの料理はシェフの拘りで食材一つ一つ産地が違う。シェフと奥さんと二人で全国を巡り食材を探しているので値段が高い。

さらに言うと、出来上がるまでに時間が掛かる。

だから僕らはいつも具沢山の野菜スープを肴にワインを飲みながらメイン

ディッシュを待っている。

そして待望のミックスフライがテーブルに置かれると違うワインが運ばれるというのがコースである。

僕は一人で二時間程、食事を堪能して微酔い加減で店を出た。

駅の方に向かう間、人と車の往来が慌ただしくなっていた。

（そろそろ退勤ラッシュの時間か……）

僕はまた朝の公園のベンチに腰を下ろした。

橙色の光が公園を染めた。

朝陽とは違う物悲しい色だった。

僕は妻の美沙と二人暮らしで今まで嘘をついたことはなかったが、今日は嘘が多過ぎた。

本当の事ばかり言っていると嘘に憧れることがあって、嘘をついて人を騙して驚く表情が見たいと思っている。

美沙の驚く顔を想像すると、もう少し嘘を通そうと思う。

◇　◇　◇

僕と美沙が出会ったのは二十代後半だった。

その日僕は同僚の野郎ばかりで休日出勤の終わりに居酒屋で飲んで次の店に行こうと居酒屋を出た所で、同期入社の鹿島亨《かしまとおる》と出くわした。

鹿島は高校のクラス会の帰りで両側に数人の女性を引き連れて上気嫌だった。

彼は長身で端正な顔立ちだが笑うと垂れ目になって崩れた顔が愛くるしい、スポーツも一通りこなす非の打ち所がない男だった。

仕事も出来て気持ちも優しいとくれば女子が放っておかないだろうが、恋愛には疎い。

『鹿島さんって女性に興味ないのかしら……』

と囁くものもいた。

彼のそういうところも万人を惹きつけていた。

料金受取人払郵便

新宿局承認

7552

差出有効期間
2024年1月
31日まで

(切手不要)

郵便はがき

1 6 0-8 7 9 1

1 4 1

東京都新宿区新宿1－10－1

(株)文芸社

愛読者カード係 行

お名前《ふりがな》		明治 大正 昭和 平成 年生 歳	
ご住所《ふりがな》	□□□-□□□□	性別 男・女	
お電話番号	(書籍ご注文の際に必要です)	ご職業	
E-mail			
ご購読雑誌(複数可)		ご購読新聞	新聞

最近読んでおもしろかった本や今後、とりあげてほしいテーマをお教えください。

ご自分の研究成果や経験、お考え等を出版してみたいというお気持ちはありますか。

ある　ない　内容・テーマ(　　　　)

現在完成した作品をお持ちですか。

ある　ない　ジャンル・原稿量(　　　　)

書　名			
お買上 書　店	都道　　市区 府県　　郡	書店名	書店
		ご購入日	年　月　日

本書をどこでお知りになりましたか?

1.書店店頭　2.知人にすすめられて　3.インターネット(サイト名　　　)

4.DMハガキ　5.広告、記事を見て(新聞、雑誌名　　　)

上の質問に関連して、ご購入の決め手となったのは?

1.タイトル　2.著者　3.内容　4.カバーデザイン　5.帯

その他ご自由にお書きください。

(　　　　)

本書についてのご意見、ご感想をお聞かせください。

①内容について

②カバー、タイトル、帯について

弊社Webサイトからもご意見、ご感想をお寄せいただけます。

ご協力ありがとうございました。

※お寄せいただいたご意見、ご感想は新聞広告等で匿名にて使わせていただくことがあります。

※お客様の個人情報は、小社からの連絡のみに使用します。社外に提供することは一切ありません。

■書籍のご注文は、お近くの書店または、ブックサービス(0120-29-9625)、セブンネットショッピング(http://7net.omni7.jp/)にお申し込み下さい。

いつも社内の女の子たちと他愛のない会話で盛り上がっているが、僕は以前彼の意外な一面を見てしまった。

その日僕は会社の給湯室で一人水を飲む鹿島を見つけて、

「鹿島、いつも女の子に囲まれて楽しそうじゃないか、これまで何人の女を泣かせてきたんだ」

僕は鹿島の腕を肘で突きながら言った。

「いや、あいつを泣かしてみたいよ。俺の胸で思いっきり」

彼はコップに唇をつけたまま遠くを見つめながら言った。

しかしクラス会の日の鹿島はやたら陽気で、女の子を両脇に五人侍《はべ》らせて肩を抱いたり腕を絡ませりして、まるで下ネタを連発する酔っ払いのオッサンのようで僕は嬉しかった。

そんな鹿島から離れて歩いていた女性が、

「カシオ（鹿島の渾名）、私もう帰るかんね」

彼女は口を尖らせて近づいてきた。

「だめだ、もう少し付き合えよ。後で家まで送ってやるからな」

鹿島は強引に言った。

「じゃあ少しだけよ。明日のライブのイメージトレーニングしておきたいから……」

彼女は渋々承諾した。

僕は美沙の媚を売らない態度とお転婆な瞳に一目で惹かれてしまったので、

「こうして会ったのも何かの縁ですから、皆でパーッと飲みに行かない？」

僕は彼女を見ながら言った。

彼女も僕を見つめながら一番に拳を上げて「行こう、行こう」と言って笑っていた。

満場一致で決まり僕らは若者で賑わうパブに行った。

男女合わせて十二人が大きなテーブルを囲んで座り、窮屈で互いの肩が密着する程だったがみんな楽しそうだった。

偶然にも僕は彼女と隣同士になったので頭をピョコンと下げて、

「クラモト・シンジと言います。お蔵のクラじゃなくて倉庫の倉《くら》です。モトは本《ほん》じゃなくて元気の元《もと》です」

僕はご丁寧に漢字まで説明してしまったのに彼女は、

「私はムラサワ・ミサよろしくね」

簡単に音だけを言った。

僕も鹿島と同様に女性を意識したことはなかったが美沙には妙に胸が昂った。

突然、美沙は鞄の中から筆ペンを取り出し、紙ナフキンに〝村澤美沙、蔵本美沙、倉元美沙〟と達筆で書くと僕に披露して、

「私ね、村澤って姓字好きなんだけど、沙《さ》が菱《ひし》形を立てたみたいでバランスが悪いと思わない？　その点、倉元さんに美沙を置くと全体が綺麗な流れになるのよ。そう思わない。

でも結婚しないとね……残念だわ、いやだ」

美沙はすぐに僕の背中を叩いてケラケラ笑った。

僕は一瞬、告白かと思って驚いたが、深い意味などなかったようだ。

「ところで村澤さん、ここへ来る前にライブって言ってたけど歌とか踊りとかしてるの」

美沙はまた笑いながら、

「ライブって言ったらそう思うわよね。私、書道やってるのね。で、明日、デパートのオープニングイベントで畳六畳程の大きな半紙に箒のような筆で文字を描くのよ。そのライブなのよ」

「へえ、そのライブ僕も見に行っていいの？」

「もちろん、でもお買い物してよ、それが条件！」

すると離れた所から鹿島が、

「おーーい、倉元。村澤は書道しか興味ねえんだわ、ナンパしたって靡かねえから無駄無駄無駄。いい加減に聞いとけ」

鹿島はいつになくむきになっていた。

「カシオお黙り、ナンパどころか倉元美沙になりたいという話にまでなっているんだから」

美沙の言葉に鹿島はおとなしくなった。

僕も調子に乗って美沙の肩を抱いて、

「村澤から倉元になるためには結婚しかないもんね」

二人で顔を見合った。

鹿島はビールを手酌で二杯を立ち続けに飲んだ。

その宣言通り、美沙は倉元美沙になった。

式の日、鹿島は美沙に、

「村澤、よく結婚できたな。お前がいつまでも売れ残っていたら俺が引き取るしかねえと思ってたんだぞ、倉元でよかったよ」

と言って泣いていた。

僕は鹿島の涙が悔し涙だったことを気づかなかった。

鹿島は村澤美沙一筋だった。

僕らが結婚してから鹿島はますます仕事にのめり込みどんどん出世していった。

結婚して一年後、美沙は男児を出産した。『優志《ゆうし》』と命名した。

しかし、程なくして優志に重い心臓病が見つかりガラス張りの保育器での入院を余儀なくなされた。

完全看護だったので僕らは仕事が終わると毎日病院に通った。

僕らが優志の元に近づくと、その気配を感じるのか紫色の唇を震わせながら優志は笑った。釣られて僕らも泣きながら笑って返した。

家に帰ると、美沙は吸われないパンパンに張った乳房を両手で掴んで痛みを堪えて絞ると、黒い洗面台に乳白色の飛沫《しぶき》が一面に広がった。

僕は、毎晩狭い洗面所で乳房を絞り我が子を抱くことさえも許されない美沙を見るのが辛くて仕方がなかった。

このままだと美沙が壊れてしまうと思い、家を買う決意をした。

条件は優志の病院の近くで尚且つ子どもたちの元気な声が聞こえない場所である。

しかし、その条件の物件となると、一線を退いた人たちが悠々自適の生活をする閑静な住宅地となるので、当然僕の稼ぎでは到底手に入る代物ではなかった。

僕は美沙のために一刻も早く見つけたいと焦っていた。

僕は仕事で知り合った不動産屋にも相談したが手頃な物件など見つかるわけもなく、家を買うこと締めるか実家や姉たちからお金を借りるしかないと思いかけていた。

ところが数週間後、不動産屋から連絡があった。

話によると、ある資産家の老夫婦が海外に移住することになり今住んでいる家を売りたいと相談されたらしい。大事に住んだ家なので直接会って決めたいと言っていたそうだ。

僕はすぐにその話に飛びついた。

後先を考えている余裕はなかったが、美沙が家を買うという予想外の展開にのってくれるのか不安だった。

「信ちゃんは出世しないとかびっくりしたけど、今度は豪邸買うなんて……。

でもその話のってみようか！」

美沙は久し振りに笑った。

家主夫婦との面接で夫人が、

「この家に住みたい理由《わけ》を聞かせて頂いて笑っちゃいました。『妻の執事《しつじ》になりたい』ですもの、だからお二人にお譲りします。これからは何もかも上手くいきますわ」

と心強い言葉を頂き、和モダンの豪邸を僕らは破格の値段で手に入れた。

豪邸に引っ越してから美沙の顔色が薄桃色になりご近所の有閑マダムたちのちょっとした集まりに声が掛かるようになり、いそいそと出掛けていった。

また昔の書道仲間が教室〝書嗜《しょし》の会〟を立ち上げることになり、講師の依頼が舞い込み時間をやりくりして受けるようになった。

芸は身を助くの諺通り、美沙は心を助けられた。

美沙は六歳の頃、両親と生まれたばかりの弟を交通事故で亡くした。

弟が夜中に高熱を出したため、眠っている美沙を残して車で病院に向かう途中、居眠り運転のトラックと衝突したらしい。その日を境に美沙は泣けない子になった。

嬉しいことや辛いことや悲しいことがあっても、実感が湧かない、と言っていた。

それで美沙はつくり笑いをして幾多の場面を切り抜けてきた。

その美沙の窮地にのり込んだのが四人の姉ちゃんたちだ。

姉たちは美沙を抱き締めて、

「美沙は一人じゃない、父さんも母さんも姉さんも四人もいるんだ……ね、美沙……」

美沙の目からポロポロ涙が流れて止まらなかった。泣き声も凄かった。

氷が溶ける速さよりも早く、とめどなく流れた。

◇◇◇◇

気がつくと僕はまだベンチに座っていた。

次々と店のシャッターを下ろす音が聞こえる。

駅構内のアナウンスはせわしなく、到発着の時刻を伝えていた。

僕は立ち上がってエスカレーターに乗り中央改札口へ毎朝の出勤時刻に出会う人たちが改札口から出てきたのでその中に交じって南口へと歩いていく。

家の前まで来ると、道路沿いの鉄製門扉が開かれたままの状態で水銀灯に照らされて薄気味悪かった。

さらに奥の重厚な木製玄関ドアが開けっ放しになっていて、中が暗かったのを見て僕は、

（美沙の身に何かあったのでは……）

急いで中に入って玄関フロアの明かりをつけた。

僕は傍にあった金属の靴べらを取り、奥にあるリビングのドアノブを静かに開けると、テレビが大音量で鳴っていたのでうるさくて頭が痛くなった。

テレビの前にある革張りのソファの背もたれから美沙の後頭部が見えたので、慌ててテレビのリモコンをオフにして美沙の前で仁王立ちしたが、美沙は僕の体を障害物のようによけてテレビの画面を見ようとするので、僕は膝を曲げて美沙の肩を持つと「美沙！」と呼んで体を揺らしたが、美沙は茫然として視線を外した。

もう一度揺らして視線を合わせると、

「どちら様か存じませんが私のお金がないんです。大事なお金なんです。犯人は分かっているの、主人よ。他の女《ひと》と旅行に行くために私のお金を取ったのよ」

僕は根も葉もない事を言う美沙に腹を立てた。

「美沙、どうしちまったんだよ」

僕は混乱した。

暫くすると美沙は眼を大きく見開いて、

「あらっ、信ちゃんどうしたの。怖い顔して」

きょとんとした様子で言った。

「どうしたのはこっちのセリフだよ。おかしなこと言うから心配したよ」

「そうだったかしら……あっ、嫌だもうこんな時間、ご飯の仕度しなきゃ。信ちゃんは先にお風呂入って……」

美沙はエプロンをしながら台所に向かった。

僕は部屋を見渡した。

窓のカーテンは開いたままで夜の闇が黒粉ように風に吹かれて舞い上がった。

大理石の調理台に置かれた卵パックの卵が割れて白身が垂れていて、どこから湧いたのか小蝿が流しにつっこまれた汚れた食器のまわりを旋回していた。

「美沙、今日はどこかに行ってたの？」

美沙は忙《せわ》しなく夕食を作っていたので聞こえていなかった。

美沙はこれまで家の事を疎かにしたことはなく、寧ろ完璧主義で几帳面だった。僕は台所で動き回る美沙の後ろ姿を見て、取り敢えず風呂場に行った。

（今日は多分……）と呟きながらシャワーのレバーに手をかけると、浴槽の蓋が被ったままだった。

蓋を取ると湯気が立ち昇り桧の芳しい香りが漂ったので僕は安緒した。

僕は無類の風呂好きだったのと浴槽は桧という拘《こだわ》りがあったが、当初この豪邸の風呂場は洒落れた琺瑯の楕円形で湯舟に浸ると尻が滑って安定が悪く酒を飲んでうっかり眠ってしまったら溺死すると美沙に訴えて、桧風呂に改装してもらった。

それに僕は風呂に入って必ずすることがある。

それはとても子ども染みていて恥ずかしいのだが、歴史上の人物になりきって妄想を愉しむという癖があった。

子どもの頃は風呂場で父とチャンバラをして父を切って遊んでいたが、今は一人で武将になりきると心情にせまるセリフを呟いている。

昨夜は明智光秀だった。本能寺の変の二日前の夜、光秀の僕は湯舟に浸かりながら、

「本能寺で信長を討ち取った暁には戦のない国を造る！　賽は投げられた」

僕はタオルを持ち体に打ちつけて気持ちを昂らせた。

今夜は織田信長だ。本能寺の湯殿で明朝、光秀の襲撃に遭うことも知らずに天下統一が近づいていることを予感しながら、笑みを浮かべて手拭いで顔を激しく洗う。

「光秀には本当に辛い思いをさせてしまったので、帰ってきたら酒を酌み交わしながら戦のない世を造るための話をしよう。わしが一番信頼しているのは光秀だけじゃ!!」

風呂の中での子ども染みた妄想が、全身の毒素をサイダーの気泡のようにシュワシュワと外へ出していった。

長めの入浴を終えて、僕がバスタオルで頭を拭きながら再びリビングに戻ると、キッチンでは美沙が慌ただしく動いていた。

次から次へとテーブルに置かれた皿の上に料理が盛りつけられていく。

美沙は僕の気配を感じて菜箸を手にしながら、

「あら、いつ帰ってたの？　気づかなくてご免なさいね」

僕は悪気のない美沙の言葉に不安と怒りを感じた。

その一方で食卓には僕のために作られた、揚げ立てのとんかつ、野菜サラダ、根菜の煮物に糠漬け、梅干などが並んでいた。

僕は（お茶漬けでいい）という言葉を飲み込み、椅子に腰をかけて瓶ビールをコップに注ぐと、

「美沙、明後日急な出張で和歌山に行くことになったんだ」

僕の注いだビールが半分以上泡になった。

「和歌山に出張？　もうすぐ定年なのに期待されてるじゃない」

美沙は僕の目を見てニッコリ笑った。

僕は美沙の言葉にどぎまぎしたがいつもの美沙にほっとした。

「和歌山って名物何があるのかしら？」

美沙は菜箸をテーブルに置くと考えるポーズをした。

「オリーブじゃないのか」

「それは小豆島でしょ、梅よ南光梅、デパ地下で買うと高いのよ」

「じゃあ、本場の梅、沢山買って来るよ」

「梅は今年もう漬けたからいいわ、それより前テレビで紹介してたんだけど、和歌山県に友ヶ島っていう島があってね。そこの味付海苔が絶品らしいのよ。関東は焼海苔が主流でしょ、でも関西は味付海苔なんだって。一度食べてみたいと思っていたのよ。でも現地に行かないと手に入らないそうなのよ」

僕は狼狽した。動揺に気づかれないように、

「へ、へえ～～何という島だって？　出張先の人に尋ねて買ってくるよ。もしゲットしたら美沙どうする？」

僕はとんかつを一切れ頬張りながら言った。

「よしよししてハグしちゃうかな。でも無理しないで、仕事なんだから終わったら早く帰ってきてよ」

僕は（そうだな）と笑って返したが、もう本当の事を言うタイミングを完全に失ってしまった。

次の日は明日の朝が早いという理由で一日中家にいた。

すると美沙が「明日、どこかに行くの？」

美沙は、前日に僕が言ったことをすっかり忘れて聞いてきた。

「和歌山に出張に行く、泊まりだから……」

「あっ、そうだったわね……」

僕はなかなか覚えない美沙に腹を立てていた。

◇　◇　◇　◇　◇

友ヶ島に行く日、僕は暗いうちに家を出た。

いつもなら妻は朝食を用意して玄関まで送ってくれるけれど、今朝はまだ眠っていた。

僕はまだ仄暗い道をとぼとぼと歩いて駅に向かった。

東京駅から始発の新幹線に乗車した。

車内は空席が目立った。

僕は切符を上着のポケットから出して、席を探して指定された椅子に深々と座り、行儀悪く両足を大きく広げた。

乗客の多くはスーツという鎧を纏った企業戦士だった。

そんな勇ましい彼らだったが、一度《ひとたび》携帯電話がなると腰を屈《かが》めて乗降口まで出て、耳に携帯をあてながらペコペコ頭を下げていた。

僕は（得意先か上司からの電話だな、いや嫁さんかもしれないな）と想像しながら車窓から外の景色を眺めたが、まだ見慣れた街が続いていた。

今、こうして新幹線に乗っている彼らも出世魚のように役職名が変わっていくと頭を何度も下げて仕事をしていた頃をすっかり忘れてゴルフや高級クラブ通いに興じるのだろうか。

僕は定年を指折り数えて待っている。

美沙が言っていたように退職前らしきビジネスマンは見かけなかった。

（美沙はもう起きたのだろうか……僕が和歌山へ行くことを覚えているだろうか）

急に車窓一面鼠色に覆われて夕方のように暗くなり稲光が幾筋も走った。

そのうちに雨が窓ガラスを激しく叩いたが分厚い頑丈な窓はビクともしない。

気がつけば車内灯もついていた。

ビジネスマンはノートパソコンを睨みつけ珈琲を飲んでいた。

僕は車内販売のワゴンが通り過ぎたのを知らなかった。

数分後、車窓は明るくなり青空と緑の山々が広がった。

僕は次から次へと変わる車窓が活動写真を見ているようだと思っていると一際異彩を放つ山を見た。頭の中では山の名が浮かんでいるのにあまりの美しいフォルムに言葉を失う。〝富士山〟だ。

この景色をさすがに見ぬふりをする人はなく座席を移動して携帯のシャッターを押す音が何度も聞こえた。

新大阪に着く頃には気温は夏日を示していた。

僕は新幹線の中で読んでいた和歌山が舞台のトラベルミステリーを鞄の中に仕舞い、在来線のホームに移動した。

忙しなく人が行き交うホーム、発車ベルがけたたましく鳴って駅員が笛を吹いてもどんどん人が乗り込む。最終警告の笛が鳴ってドアが一斉に閉められたその時、「ちょっと待って！　乗ります！」と呼ぶ女性の声がした。

階段を駆け上がり姿を現した頃には電車は動いていた。

僕と同い年位の女性だった。

「あんた、何で発車さすねん、乗りますって言うてたやろな」

彼女は駅員に詰め寄ったが、駅員は何も言わずにその場を離れてしまった。

「駆け込み乗車は危険ですのでおやめください」と構内アナウンスが流れた。

それから僕は電車を乗り継いで加太という駅に到着した。

もう後は船に乗るだけだ。

長編の映画を立て続けに見たような疲労感が押し寄せてきた。

同時に美沙の事が気になったが引き返すことは出来ない、決めた事だからと自分を納得させた。

目の前は瑠璃色の海が遥か遠くまで広がり空の碧と繋がった。

遥か沖に緑の島が浮かんでいて自然の醸す色彩が僕の心を浄化し潮風が優しく頬を撫でた。

(たった一泊するだけだ)

僕は携帯電話の電源は切らずにマナーモードにして少しの間、寄せては返す波音の静かで乱れのないリズムを聴きながら染々《しみじみ》とした。

するとと突然、ズボンのポケットが小刻みに震えた。びっくりした僕は慌てて携帯電話を取り出して見ると未登録の着信だったが嫌な予感がしたので、

「もしもし……」

「倉元様、下田でございます。長旅お疲れ様でした。加太港に到着されてほっとしております」

「下田さん？　色々お世話になって、お陰で順調だったよ。でもどうして僕が加太の港にいることが分かったの？」

「倉元さん、後ろを見て」

下田さんの声がやけに近くに聞こえたので後ろを振り返ると、つば広の麦わら帽子を目深に被り、胸元が大きく開いた幾可学模様のタイトなワンピース姿の女性が立っていた。

「夏恋《かれん》さん？」

僕は目を疑った。

僕の知る下田さんは、凜として付け入る隙を与えない感じの敏腕ツアーコン

ダクターであったが、女性は服装や髪型や化粧で変幻自在に演出できるものなのだ、と感心した。

店の制服姿も今の私服姿も、初老の小父さんをイチコロにさせた。

「私、倉元さんみたいな素敵な方と一緒に旅が出来たら楽しいだろうなと思って来ちゃいました」

夏恋はばつが悪そうに微笑んだ。

僕は内心ドキドキしながら、

「冗談だろ、こんなヨレヨレの小父さんに何を言い出すことやら……」

「倉元さんは本当に素敵です。ちなみに私、有給休暇を取りましたから完全なプライベートです。友ヶ島をご案内しますよ。ご迷惑でなかったらですが……」

「全く問題ないよ、寧ろ大歓迎の大喜びさ」

僕は邪な心を精一杯隠して冷静に言った。

携帯電話の電源を切らなかったのは、夏恋からの連絡があるのではという僅かな期待もあったが、期待を上回る彼女の行動に狼狽した。

「倉元さん、船が来ましたよ。急ぎましょ」

夏恋は僕と腕を組んで駆け出した。

船はフェリーボートで、最後に僕らを乗せるとすぐに出港した。

船内は二〇人程の客が乗船していたが、僕らのような年の離れたカップルは見なかった。

父と娘だとしたらアニメ好きの娘が父と連れ立って来ているとしか思われていないだろう。

「倉元さんって会社員だったんですね。初めてお目にかかった時、画家さんかと思いました」

「えっ、そんな事初めて言われたよ」

僕は少し声のトーンを下げて周りの目を気にしながら答えた。

「だって服のセンスが素敵ですもの」

「適当にひっかけているだけだ」

本当は妻が買ってきたものを文句も言わずに着てるだけだとは言えなかった。

船は三〇分程で島に着いた。

道標に従い林道を歩いていくと僕は不思議な感じにおそわれた。

僕は前を見て歩いているけれど後ろの景色が見える。まるで後頭部に目があるようだった。

赤煉瓦の建物が右前方に見えてきた。紺碧の空と木々の緑が建物の中へと僕を誘った。

弾薬庫の中は暗く冷気が漂っていて、風が壁にあたると女性が囁いているように聞こえた。

弾薬庫を抜けると中央に直径四メートル位の円形ステージのような砲台跡があった。

僕はその真ん中に立つと空を仰いで目を閉じた。

兵隊たちの一糸乱れぬ足踏みが聞こえて、その列の中に僕がいる。

僕は『早くこの戦争が終わってほしい』と思いながら若い上等兵殿に敬礼している。

面従腹背を貫くしかなかった。

僕はまたいつもの妄想をしていた。

その時、カシャ、カシャとシャッターを切る音がして僕は我に返った。

夏恋が僕にカメラを向けていた。

「倉元さん、目を閉じて何を考えていたの」

とファインダー越しに言った。

「ああ、幼い頃の事、家の近くに倒産した繊維工場があってね。長い間放置されて廃墟になっていたんだ。僕らはそこに入ってよく遊んだものさ、ちょうどこんな感じで懐かしいなぁと思っていたんだよ」

僕は妄想の話はしなかった。

それと、もう一つ繊維工場について思い出があった。

その工場が倒産する前に、幼かった僕はときどき工場の敷地内にある池の錦鯉を見に来ていた。

そこへ数人の女工さんたちがやって来て写真を撮り合っていた。

その中の一人の女性が僕を見つけると、

「まあ、なんて可愛い男の子なの！」

「ねえ、ぼく、一緒に写真撮りましょうよ」

僕はよく身内から『可愛い』と言われたが嬉しくなかった。

でもその女《ひと》は他人で綺麗だったから、初めて僕は顔が熱くなった。

「私、ここを辞めて来月お嫁さんになるのよ。最後の日に君のような可愛い男の子に会えてよかった」

その女《ひと》は写真のお礼にと沢山の靴下をくれた。

そこは靴下を作る工場だった。

突然、夏恋が、

「倉元さんって小さい頃から可愛かったんでしょうね」

「そんな訳ないだろ、今と変わらずハナ垂れ小僧だったよ」

夏恋は僕の言葉に呆れて相槌を打って苦笑して見せた。

僕らは次に灯台に行った。そこから見える海は大きな水槽の海水が表面張力によって丸みを帯びてその上に漁船がのっかっているようで、僕らはとても小さなモノだった。

僕は海に向かって大きく息を吸い込んだ。

いきなり、携帯のバイブレーションが唸ったので見ると〝鹿島亭〟からだった。

彼には旅行に行くことを連絡しておいたので退っ引きならない事があったのは分かっていたのに出なかったが携帯は震え続けた。

僕は夏恋に気づかれないようにその辺をうろうろしていた。

「下田さん、今日は本当に有難う。素敵な所だったよ。お陰で気持ちが楽になったよ。それでお礼と言っては何なんだけど、今晩僕の宿で食事でもどうかな。君が良ければだけど……」

「私は構いませんが、お一人でゆっくりされるおつもりでしたのにご迷惑ではありませんか」

「そんなこと言わないでよ。逆に今は一人で食事するなんて虚しいよ。今夜は飲もう。下田さん、いける口なんだろ?」

僕は強引に彼女を誘っていた。

「お酒はほんのおつき合い程度です。じゃあお言葉に甘えてお邪魔しちゃおっかな」

夏恋は急に駆け寄って体を近づけてきた。

帰りの船内は最終便だったので大勢の人だった。

僕は遠ざかっていく島が夕日に照らされて金色に輝いているのを眺めていた。

夏恋はまたデジカメと携帯と二つで写真を撮っていた。

そしてフェリーが桟橋に横づけされると乗客は次々に下船を始めた。

僕は夏恋の手を引いて降りるのを助けていると一瞬、船がグラッと揺れたので夏恋がよろけて僕に体を預けると石鹼の香りがした。

夏恋は慌てて体を離して照れ隠しに笑った。

「では私は一旦戻って六時過ぎに……お疲れ様でした」

夏恋は僕に背を向けて歩いていくとワンピースのスリットから脹ら脛が見え

隠れするのを見て僕は息を飲んだ。

僕は夏恋の後ろ姿が小さくなるまで見送ると、急いで鹿島に電話したが今度は鹿島が出なかったので締めようとした時、鹿島の声がした。

「倉元、済まん」

「こっちこそ、電話に気づかなくて申し訳ない。何かあったのか」

僕は鹿島の声のトーンを窺うように聞いた。

「大したことはないんだが村澤がさ、会社に来たんだ。俺が丁度、出先から戻って来たとこで会ったからよかったよ」

「それで美沙は何の用だったんだ」

「朝起きたら、お前が居なくていつも持たせる野菜のスムージを届けに来たと言ってんだよ、俺が今日は出張だと言うと思い出したみたいだった。ちなみに村澤お手製のスムージーは頂いたよ。いつまでも愛されてるね」

鹿島は僕に心配させないように言ってくれた。

「そうか、会社に行ったのか……」

「気になったから電話したんだ。無事に帰ってたよ。だけど会社に行ったことも俺のことも忘れてた。いつからだ？」

「二日前からだ、でも昨日は何ともなかった」

「初めて村澤につく嘘につき合ってるんだから帰ったら一緒にいてやれよ。俺も病院を探しとくからさ、今夜はゆっくり休め」

鹿島は電話を切った。

鹿島はいつも僕と美沙の事を気に掛けてくれて、今日のようなことがあっても僕を責めたりはしない有難い存在だった。

しかし今日僕は鹿島の優しさを裏切ろうとしている。

美沙の不可解な言動を心配する気持ちとは別に夏恋への邪な感情が染み出してきた。

僕は人生ゲームの自分探しで五マス進んで浮気をして五マス戻るのだと思った。

夕方六時過ぎに夏恋は艶やかな浴衣姿で現れた。

薄紫の生地に白い百合が描かれたもので、帯は生地と同形同色だが少し濃い色だった。

僕はこの艶っぽさはアンフェアだろうと思っていた。

「下田さん、いいよ……」

僕はそんな言葉しか思いつかない程、見惚れてしまった。

「有難うございます。着物は仕事で着る機会があります。海外では着物で行くと現地スタッフの対応が違いますから……」

夏恋は僕の誘いがあることを予想して浴衣を準備してきたのだろうか、と僕は考えを巡らせていた。

部屋に入るとすぐに仲居さんが襖を開けて深く頭を下げて夕食の準備を告げに来たが、夏恋と目が合うと急に無愛想になった。

夏恋は苦笑しながら頭を下げた。

僕は二人の間に嫌な空気が漂っていたので仲居さんに、

「お姉さん、急に済まないが一品料理を適当に見繕って持ってきてよ」

「かしこまりました」

仲居の女性は部屋を出ていった。

「失礼な仲居さんだな、気を悪くしたんじゃないの。あまりの態度なら女将に言っておくよ」

「大丈夫です、彼女は知り合いで昔彼女の心を深く傷つけてしまったので仕方がないのです」

僕は詰まるところ男女関係の縺れだと思った。

その後、その仲居さんは部屋に来ることはなかったが、暫くして板長直々にお造りの舟盛りを持って現れた。

「これは凄いな」

僕は思わず感嘆の声を上げた。

「今朝、ワシが釣った魚です。下田さんにご紹介いただいたお客さんやでサービスさせていただきますわ。東京じゃ、ここまで鮮度の高い魚はお目にかかれまへん、ぎょうさん食うてや」

板長さんは夏恋と顔を見合わせて微笑んだ。

「ほお、早速頂くとしよう」

僕が箸をとると夏恋は僕のグラスにビールを注いで乾杯をして一気に飲んだので一〇分程で瓶ビールはなくなった。

夏恋は二本目の瓶ビールの栓を抜き、僕はお造りをてっさのように箸でまとめてすくって食べた。

「実は私、小学生の頃東京から加太に引っ越して来たんです。父が脱サラして農業をすると言い出して何の由縁もない加太を選んだのです。私はすぐに加太が好きになったのですが、母は馴染めず家に引き籠るようになりました。このままだと母が壊れてしまうので、母だけを東京に帰して別居することになったんです」

「そうか、下田さんはまた東京に戻ってお母さんと暮らしているんだ。お父さんはタイミングが悪かったね。子どもが自立した今だったらよかったのに……。済まない、余計なことを言った」

「おっしゃる通りで、母は最近ここに戻って父と一緒に農業をやっています。倉元さんは何でもお見通しなんですね。心が落ち着きます」

「僕も下田さんといると楽しくて若返るよ」

「じゃあ、とことん飲みましょう」

夏恋は明るい表情になった。

飲んで食べて喋っていたら、あっという間に宿の食事が終わってしまったので、宿を出て飲み直すことになった。

二人で下駄を、態とカランコロンと鳴らして海沿いの道をふざけ合って歩いた。

夏恋が僕の腕に手を絡ませて僕と手をつないで頭を傾けた。

僕は「少し酔いを醒ますか」と言って夏恋を砂浜に誘った。

砂浜に腰を下ろして真っ暗な海を眺めていると、生温い浜風が僕の耳の奥の敏感な所を刺激した。

　丁度その時、強めの風が吹いて夏恋の浴衣の裾が膝の上まで捲し上げると肢体が露わになったのを見て僕の鼻腔に艶めかしい匂いがつき上げた。

　ついに僕の薄っぺらな理性の箍が外れて剝き出しの本能が牙をむいて夏恋の体に覆い被さろうとした瞬間、携帯電話のバイブレーションが震動した。

　僕は、はっとして闇の中に浮び上がった〝鹿島亭〟の文字に急いで通話ボタンを押した。

「倉元、済まん。あれから心配になって村澤の様子を見に行ったんだよ。あいつ真っ暗な部屋で無表情にテレビの画面を見つめていたんだぜ」

　鹿島はいつになく必死な声だった。

　僕は夏恋の肩を抱きながら電話を持ち変えた。

　鹿島は文句の付けようがない程にいい奴だが、僕の妻のことを未だに村澤と言うのが気に入らなかった。

なぜなら僕は女子高生の村澤美沙を知らないからだ。

「なあ鹿島、今夜美沙と一緒にいてやってくれよ、頼む、君なら僕も安心だ、こんなことは君しか頼めないだろ」

鹿島は快諾してくれた。

僕は携帯の通話をオフにして暗い海を眺めていると、何も知らない夏恋が僕の顔を覗き込んで耳元で、

「どうしたの、今夜は私が慰めてあげる」

魔性の女になって囁いた。

僕は夏恋と向き合い温かい手を取った。

夏恋がゆっくり目を閉じて唇を突き出していたが、僕はそれ以上の行為を躊躇ってしまった。

僕は美沙の様子を聞いても動揺しない自分に不審の念があったし、自分を遠い所から双眼鏡で見ている僕がいた。

「夏恋ちゃん、君には申し訳ないのだが僕には矢張……無理だよ、バーチャルな世界だと分かっているんだけど……」

僕はかけていたゴーグルヘッドを外して立ち上がった。

「あら、まだ続きがあるのに……」

夏恋が浴衣姿ではなくエメラルドグリーンの煌びやかなドレスで僕を見上げた。

そして砂浜はサーモンピンクの絨毯に、固いコンクリートの椅子は革張りのソファだった。

僕がもともといた場所は〝会員制クラブ、ボン・ボヤージュ〟で夏恋はホステスだった。

なぜ僕がここにいるのかと言えば、山田太郎さんの紹介だった。

夏恋は医学部の学生で心療内科を志しているため、教授の紹介でクラブでアルバイトをしている。

心理療法の一環としてバーチャル体験のゴーグルヘッドを研究開発中だそうだ。

「いかがでした、私がプログラミングした世界は」

「夏恋ちゃんの作った架空の世界はとても良かったよ。お陰で僕はますます妻が愛おしくなったよ」

「あらあまあ、ごちそう様。では今度お越しになる時は奥様がかすむ程の魔性の女をお見せするわね」

夏恋はゴーグルヘッドを片付けながら、ニッコリと笑った。

◇◇◇◇◇◇

僕はボン・ボヤージュを出ると足早に歩いた。

暗い道も賑やかな駅周辺も気にせず歩いた。

自宅に着くと車庫にブルーのセダンが停まっていたので、僕は舌打ちして家に入った。

玄関フロアまで鰹出しの香りが漂っていた。

僕はリビンクに入るや否や、

「優志、また来たのか、さっさと花凜さんの所へ帰れ」

と言って優志を邪険に扱った。

「なんだ父さんか……いやぁ、お母さんが僕の作った筑前煮を恋しがる頃かなと思ってね。出来上がったら母さんの顔を見て帰るよ」

優志はコンロの火を大きくした。

するとと玄関のドアを開ける音がしたので、僕と優志は少し緊張しながらスリッパの音がリビングの扉まで来るのを待っていた。

「信二さん、優志ただいま」

美沙が扉を開けて現れた。

黒地の夏着物姿で右手人差指に車の鍵を入れてチャラチャラいわせながら茶目っ気たっぷりな仕草で、

「優志、筑前煮作ってくれたの？　丁度食べたかったのよ」

嬉しそうに優志を見ると、

「よっしゃ」

優志はガッツポーズを僕に見せた。

「そうそう、生徒さんに濃厚プリンを頂いたから花凜ちゃんたちに持っていって」

美沙は箱から二つのプリンを取り出すと残りを箱ごと紙の手提げ袋に入れてテーブルに置いた。

優志は心臓病で生後間もなく保育器で入院生活を送っていたが難しい手術を受けて後遺症もなく順調に呈しく成長した。結婚して二人の男児にも恵まれた。奥さんの花凜さんは現在妊娠中で、出産後は育児休暇を一年取って職場復帰する。その後は優志が育児休暇を取るらしく、今から張り切っている。

美沙が講師をつとめる書嗜の会も順調に生徒を増して忙しそうで、美沙の歯に衣着せぬ物言いが評判となったからだろう。

また昨年の中秋の名月を愛でながらの和歌を書く会は好評だったと、ご近所のご婦人方が僕に報告してくれたので夫として鼻が高かった。

「信二さん、今日はテラスでご飯食べましょ」

美沙は洋服姿で言った。

「なんだ、もう着替えちまったのかよ」

優志はぷすんとした。

僕だってもう少し美沙の着物姿に見惚れていたかった。

夜になって僕と美沙はテラスに筑前煮やお惣菜を運んで冷酒で乾杯した。

「私とても幸せよ」

美沙は江戸切子のガラス猪口を口元につけながら満ち足りた顔で言った。

額は広く眉間からスーッと伸びた高い鼻、人中は短く唇の肉づきがよく魅力的だった。近頃は法令線が深くなったと嘆いているが然程でもない。

僕は長い間、美沙の横顔に見惚れていた。

「私ね、家族を失ってあまりのショックで泣けなくなったでしょう。でもお習字の先生で母の親友だった人が、痛い時は泣くんだよって言って母の事をいっぱい話してくれた、父の事もね。

信二さんと出会って、私にお姉さんや両親が出来たでしょ、皆初めっから『美沙』って呼び捨てだった。信二さんは私のそばにいて出世なんかしないと言ってくれた、嬉しかったのよ」

美沙は僕の手を握って擦っていた。

「なあ美沙、凌とガブはどうしてるかな」

凌というのは次男で今フランスに住んでいる。

凌は美大に通っていた頃一年間フランスに留学していたが、帰国後もフランスへの憧れは高まるばかりで卒業後再び渡仏した。

凌がこの国の常識に馴染めない少数派には冷たい社会の中で生きづらそうにしていたので、僕は異国で暮らすことに異論はなかった。

凌がフランスに行って一年経ったある日、帰国すると連絡があり『会ってほしい人がいる』という。

僕は凌にもついに守るべき最愛の女《ひと》が出来たと思い、帰国する日を指折り数えていた。

凌が留学した時から覚悟はしていたが、いざ現実味を帯びてくると仏語はおろか英語も出来ない自分に及び腰になってしまう。

そして凌が帰国する当日、僕ら家族全員で出迎えると、凌の後ろで隠れていたパリジェンヌが僕らの前に姿を現した時、僕らは唖然とした。

彼女は美しいパリジェンヌではなくパリジャンだった。

そこへ孫たちが「ボン、ジュール」と言ったので場が和んだ。

「ハジメマシテ、ワタシノナマエはガブリエル・バラティエ、デス」

パリジャンが言うと、一人ひとりにハグをして頬に左右一回ずつ頬を重ね合わせて挨拶のキスをした。

ガブリエルは僕が若い頃に見た〝ロミオとジュリエット〟のロミオ役の俳優によく似た美男子だった。

凌がガブリエルの肩を抱いて、

「僕ら結婚するよ。式はフランスでするからさ、皆で来てよ」

僕らは凌の衝撃的な発表に全員が黙って二人を交互に見た。

美沙が「二人お似合いだわ、幸せになってね」

僕も「ガブリエル、君は家族だ、よろしく」と言って握手を求めたのにガブは僕を抱き締めて頬に何度もキスをした。

その後二人は結婚して、僕にはフランスに親戚が出来たが、未だにフランスの挨拶にするキスが不自然だった。

そんな湊たちのことを思い、美沙と二人で酒を酌み交わしながら夏虫の声に耳を傾けていると、この上もない幸福に溢れていた。

◇　◇　◇　◇　◇　◇　◇

有給休暇がまだ続く僕は、自転車で駅や自宅周辺を巡った。

僕はまたあの寂れた商店街に向かっていた。

その中に、外観は焦茶色した木造で入り口は障子の引き戸で、障子の和紙の部分に墨で大きく〝表具師〟と書かれている建物があり、頑固物だがきっちり仕事をする店主の心意気が伝わってきた。

僕は勇気を振り絞って引き戸に手をかけた。

中に入るとすぐに土間になっていて、大きくて頑丈な台の上に襖の骨が横たわっていた。

土間の方から僕の気配を感じたのか、奥の部屋から堅物そうな作務衣を着た白髪頭の男性が出てきて、

「いらっしゃい」

「あの客じゃなく、ここで雇ってもらえないかと思いまして……」

僕はどこからどう話せばいいのか分からなくなった。

「ちょっと、いきなりで意味が呑み込めねえな、あんた誰だい」

「私は倉元信二と申します。朝陽が丘に住んでいます。あの……山田さんに紹介して頂きました……」

僕は自己紹介でお茶を濁した。

「あっ、なんだ、太郎ちゃんの、じゃあクラノスケかい、聞いてるよ。今お茶入れるから待っててよ」

男は奥へ消えてしまった。

僕はまた山田さんの偉大さを知った。

山田太郎の名前を出せば、固く閉ざされた門も簡単に開いてしまう。

店主は田中六三郎《たなかろくさぶろう》さんと言い、表具師の親方。年齢は七〇歳。

「クラノスケさんよ。俺は以前商社で働いていたんだ。家業は弟が継ぐ筈だったんだけど、弟は大学の法学部出て弁護士になったたんで俺にお鉢が回ってきたんだ。当時俺は海外への出張が多くて正直疲れ果てていたしね、思いきって継ぐ決意をしたんだ。両親は反対したけど表具師の仕事ってやってみると結構楽しくてね、会社辞めてよかったよ」

「奥様は反対されたでしょう」

「カミさんも乗り気でね。『表具屋の女将なんてカッコいいわ、定年もないし好きな時に辞められるし気楽にやればいいのよ』なんて言うんだ、俺彼女に一生頭上がんないよ」

六三郎さんは頭を掻きながら照れ臭さそうにしていた。

僕は六三郎さんの元で見習いとして働くことになった。

「クラノスケよ。入り口の表具師の文字気に入ってるのよ、表具師としての誇りを感じて身が引き締まるよ」

僕はそれを聞いてニヤニヤした。

結局、六三郎さんと表具師としての心構えなどを聞いているうちに昼下りの午後になり、そろそろおいとましようとした時、奥さんとお孫さんが麦わら帽子を被り、首から手拭いをたらし両手に沢山貝の入った網を提げてきた。

奥さんが、

「これ、食べて」

浅利や蛤、ムール貝の入った網を僕に手渡した。

「こんなに頂いてはお宅の分がなくなってしまいますよ」

「まだ、車の中に沢山あるから」


家に到着すると美沙も帰っていた。

僕の姿を見て目を丸くして、

「信ちゃん、潮干狩りに行ってきたの」

「美沙、今日もテラスで宴会しよう」

美沙は大きく頷くと、貝を大きなボウルに入れて水を張って塩を入れた。

砂抜きする間にパスタを茹でた。

そして、貝づくしの料理がテラスのテーブルに並べられた。

「それでは頑張って頂くとしよう。その前にシャンパンで乾杯だ」

「何に乾杯するの」

美沙がグラスを持ち上げて不思議そうな顔をして僕を見た。

「まずは美沙と夫婦である事」

「それは私も同じよ（乾杯）。次は何？」

「僕の門出、見つけたよ。僕がこれからやりたい事、田中表具店の六三郎さんの弟子になって修業する。師匠には承諾を貰ってるんだ」

「凄いじゃない、これから十年は修業できるわね。信二さんまだ若いんだから、素敵な決意に（乾杯）」

僕は「頂きます」と言って浅利のワイン蒸しを前歯で身を外して食べた。美沙は楊枝で身を穿っていたが、面倒になったのか僕と同じく前歯を使って次から次へと食べていき、気がつけばテーブルの上にあった殻を捨てる器が殻で山盛りになった。

「信ちゃん、知ってる？　スペインのバルではお客さんが食べた殻や使った紙ナフキンを床にポイポイ捨てるんだって、店が繁盛しているかは床に捨てられたゴミの多さで決まるんだって、常識を覆す画期的なことだと思わない」

そして美沙は殻を地面に捨てたので僕も続いて殻を落とした。

二人で次から次へと殻を捨てて笑った。

すべて食べ尽くすと美沙はホットプレートにパスタを入れて貝の出汁の効いたスープに絡ませた。

僕が貝の殻を踏んで潰していくとビシッ、ブシッ……と音を立てた。

本書はフィクションであり、実在するものとは関係ありません。

著者プロフィール
香凪海（こなみ）
滋賀県在住。

殻を捨てよ

2023年4月15日　初版第1刷発行

著　者　香凪海
発行者　瓜谷 綱延
発行所　株式会社文芸社
〒160-0022　東京都新宿区新宿1－10－1
電話　03-5369-3060（代表）
03-5369-2299（販売）

印　刷　株式会社文芸社
製本所　株式会社MOTOMURA

ISBN978-4-286-29062-1　JASRAC　出2300328－301